松针落地

肖英俊 著

长江出版传媒
长江文艺出版社

肖英俊

20世纪60年代末生于武汉，公务员，作品散见《人民文学》《芳草》等刊及选本。

肖英俊的自画像

朱 零

　　许多诗人都写过诸如《自画像》之类的作品，并且都认为自我剖析得挺深刻，写得挺得意。究其原因，一是自恋，二是自省，三是自查。自恋是诗人的常态，世界上没有不自恋的诗人。自省是对自我及身边这个世界的反思，所以说，写作是自省的一种简单直接的表达方式，是作者用来记录思想的。在自省的过程中，有的人成了作家，有的人成了哲学家，有的人成了超人，有的人因为思考的时间过长，渐渐落在了人类的后面，面临被淘汰抛弃的危险。凡是懂得自查的人，都是些聪明人，自省之后不自查，那还是自恋，不是说自恋多么不好，很多深陷于自恋的人，还没等自拔出来，就死了。许多诗人都死于自恋。

　　诗人的作品，大都跟自我相关，所以说，读一个诗人的诗歌，其实就是在读他的自传。读肖英俊的作品，我也是当他的自传来读的。他在一首题为"自题肖像"的诗歌中，发出了如下感慨：

　　胡须越来越硬

也只能穿透皮肤，刺不破苍穹、宿命

腰膝酸软，不是为了接地气

只是学会妥协，伪装

身上的反骨……

天命之年

始终难以云卷云舒，淡然，从容

世事纷杂，双眼被表象蒙蔽

老骥伏枥，无以奋蹄，脱泥泞

唯有尊天命，守初心

一个中年男人经过一番与命运的奋斗抗争之后，略显疲惫、准备放弃又心有不甘的形象，跃然纸上。第一句是自嘲，敢于自嘲的人，都具有幽默感，"胡须越来越硬/也只能穿透皮肤，刺不破苍穹、宿命"，说出的，是眼前的事实，是经历，也是无奈。心比天高，奈何造化弄人，"老骥伏枥，无以奋蹄"的叹息，道尽了多少奋斗的人生，多少的磨难和血泪、失败与困惑。最后"唯有尊天命，守初心"，聊以自慰。这样的人生，不平淡，也称不上成功，这是大多数人的人生，正是这普普通通的一个又一个平凡的生命，构成了精彩多姿的世界。写作的意义也正是在于捕捉这些平凡的生命中一段段不平凡的心理历程，那些起伏，那些涌动，那些暗藏于内心的波澜，或壮阔，或隐秘，它们随着心脏一起跳动，肖英俊的大部分写作，都是得益于生活本身，他敏锐地记录下内心所感受到的一切，他写下的每一个汉字，都有着活的灵魂，都在摇曳，在顾盼生姿。一个灵魂有趣的人，生活才能有趣，写作才能有趣。

肖英俊的这本诗集里，有很多涉及故乡、亲人的作品，这既是诗歌的源头，也是诗人的源头。现在，许多城里人失去了故乡，一提到"故乡"两个字，他们的眼里充满了迷茫。有故乡的人，当然是幸福的，但这个故乡，正因为每时每刻都挂在心里，又是最不好写的，跟亲人一样，因为过于亲近，所以能写好的不多。所以这时候，就要选角度，选切入点，写出个人跟别人不一样的生命体验，只有属于你个人的生命体验，才能把你从大众中间区分出来。肖英俊的这本诗集里，写父亲、母亲的作品也很多，尤其是写父亲，从老人家生病、住院一直到离开，字里行间，无不充满着浓浓的父子情。其中有一首写母亲的，标题就吸引了我，题目叫"代朋友祭母亲"，写的却是别人的母亲，是代朋友去祭奠他的母亲：

母亲没了

灶膛里的火熄了

低小的土屋又矮一截

佝偻的守候

从村口移到山冈

刻进我心里

知更鸟飞离老槐树

一去不复返

故乡于我

　　只剩清明和大寒

　　好一句"故乡于我／只剩清明和大寒",有故乡的人读到此句,心里忍不住打了一个寒战。朋友的母亲没了,作者感同身受,天下所有的母子情,都是一样的真切、连心。这样的诗句,这样的角度,这样的结尾,能打动人。好作品都是触及人的内心深处的,肖英俊的这本诗集,许多作品都让我们看到了人性的善良与宽广,看到了一个诗人在这个世界上最真实坦荡的存在。

目　录

辑一

回忆是一种传承

母亲的情人节

中午吃饭的时候
女儿告诉母亲，今天是情人节
我用筷子敲了下女儿的头：
奶奶七十了，那是你们小孩子的事

下午下班，母亲不在家
我赶去养老院
母亲正在为瘫在床上的父亲喂粥

回来的路上，我责怪母亲不该独自乘车
母亲嗫嚅
你父亲时日不多
我想陪他过个洋节

写给中风的父亲

一

你不知道吧
奶奶活着的时候
我偷偷问过她
你的小名为什么叫木伢
奶奶说是算命先生替你取的
因为你五行缺木

二

你在外地当工人的时候
我在家里总是想你
背书包上学的时候想
放学后挑猪菜的时候想
晚上做作业的时候想
睡觉做梦吮指头的时候都在想
十几里路算什么呢？
我每天上下学的路程没有十几里吗？
你不回家

就是不想帮我干活
就是怕我搜你的口袋
找你要好吃的

三

喉结长出来后
我就不爱跟你说话了
我开始一个人
喜怒哀乐都放在心里
整天把脸阴着
装爷们

四

直到我做了父亲
屁颠屁颠跟在我女儿身后跑的时候
我仿佛理解了你二十多年前
每天都不能回家的苦楚

五

你退休了
成了我和女儿的专职保姆
每天买菜做饭洗碗拖地
即使偶尔打点小麻将都会提前请假

而我
很少陪你喝一小杯
在外面却常常
酩酊大醉

六

尽管我第一时间赶到你身边
第一时间把你送到医院
但我无力回天
小医院大医院都无力回天
大面积脑梗死
是你多年郁积的爆发吗?
六年了
你安坐在轮椅上
用沉默
诠释晚年

七

你不知道吧
中午的时候我为什么要躺在你旁边睡午觉
或者是边玩手机边听你匀称的鼾声
那是赎罪
父亲我多想炒几个菜
好好陪你喝两杯

祖母去世二十年祭

二十年了
记忆已逐渐模糊
只是送您上山时
父辈们的哭声
还在耳边撕心裂肺

每年的大年初一和清明
我都来给您叩头
并用鞭炮传达我的问候
您却安卧在石碑后
不言不语

今天是您去世二十年的祭日
在给您寄完元宝和纸钱后
坐在您重孙女的车上
我突然明白
二十年
每过一年
我便向您走近一步

小区里的老太婆

不知道她姓名
也不知道她确切的年纪
脸上皱纹乱如沟壑
无法数清年轮

她每天拄着拐杖在小区内慢行
偶尔会有小猫小狗跟着
时间总是不长久
她逢车驻足遇人让道
动作迟缓
脸上始终谦卑着微笑

生活的重负
把她青春的腰肢
佝偻成弓
驼背的弧度
怎么也无法把磨难卸掉

双耳漠漠
已听不见风声雨声
更休谈家事国事天下事

现世间的词话
无所谓真亦无所谓假

手中的木拐杖
撑着近一个世纪的沧桑
历史怎可与现实沟通
她踯躅而行不停嗫嚅
孤独的话语
无人能懂
颤巍巍的脚步
惊扰了小区的心跳

白云下面

那个赤脚小年
背着竹篓
身后的夕阳把他染成金黄

竹篓内盛满了猪菜
是他放学后的收获
也是他当年的学费和梦想
日复一日

经年之后，竹篓已朽
少年鬓角渐白
头顶的白云飘去又飘来
面色苍老，灰暗

我站在云朵之上
俯看着少年
看他背负的生活
佝偻的腰身
满脸悲悯
拭不去他心底的泪

苦　难

太阳跳上花山的时候
时针和分针拽不起疲惫
讨生活的四公里
汽车需二十分钟爬行
堆砌的文山始终填不平会海
只能以虚对虚，以虚当实
如体内湿气
把现实胀得臃肿
理想无处安放

不由忆起小时候
常常被母亲从睡梦中赶出来
去麦地割麦、拾穗
扇在屁股上的巴掌
不停告诫
如果不好好识字
一生就会这样劳苦

其实
麦地藏着太多乐趣
卸掉蚱蜢的一只腿

让它跛行
抓住螳螂的瘦腰
任它双刀虚张声势
还有那金黄色的小苦瓜
把饥饿长成精神

必须得遵母训
悬梁锥骨
疏远小花猫、黑狗，
放生蝴蝶、知了
双脚跃出麦地
以为就逃离了苦难

经年后，却发现
母亲充满苦难的麦地
是我余生的向往

摘桑葚

今日带女儿走亲戚
姑夫说他家旁边池塘堤埂上
有一棵野桑树结满了桑葚
这一说勾起我的涎水和愧意

四十年前
我频繁光顾塆里的一棵桑树
从挂果开始偷吃
多次掉进树下的泥田里
一直羞于向人提起

此刻
我衣冠楚楚
无须攀爬
只用钩镰便让
女儿的欢笑
装满了桑树身后的池塘

你不在时

你不在时
我也不想在
尘世雾霾太重，还有头疼脑热
这些无法根除的小折磨

你不在了
我也不在
我会躺在木匣子或瓷罐子中，
幽暗，深邃
如同我们并排在床上
静听外面的鸟鸣，
想象小草在阳光下舒展身段

不再陡生猜忌，
那些所爱所恨此刻也安歇
不会争吵
房子，车子，钞票
都已用不着
更不需要搀扶着慨叹
时光与无知，青春和坏脾气

即便烦闷，你再也不能甩手而去
中元节夜，我会带着你
重温世间月色
顺便看看后辈们的孝心

霜冷心河

面色忧戚，霜风阵阵
匆匆的脚步
丈量不出医院的这条小径
如同人生
无法丈量光阴

中风的父亲
熬过酷暑
却倒在寒冬中
冰冷的管线传递着
游丝般的气息

脑梗，房颤
医生吐出的每个词语
都是致命的击打

窗外，严霜覆地
松针耷拉着脑袋
病床前
我顿失一切主意

狗

小区院子里的狗又在哭
这个月，它已哭走了三个人

住一楼车库的李老师
退休后来城里照看孙子
孙子没能长多高
肺癌却夺了他的命

四楼的王大爷
儿子接他来享福
却怎么也戒不了粗茶淡饭和土酒
胃癌，熬了三个月

……

我开始相信狗能通灵
狗能预测人的性命
我开始亲近狗
开始喂它带肉的骨头
找它套近乎
生怕它哪天不高兴
一嗓子把我瘫痪的父亲给哭没了

致重症监护室中的父亲

一

隔着玻璃
你神态安然
唯有身上的那些管线
才清楚你在怎样地挣扎

二

你望着我
说不出一句话
眼角的泪
溢出你内心的恐惧
我紧握你的手
不让你知道
我的无助和忧伤

三

医生预见了各种可能

却始终不肯说
你还可以站起来
我签了很多字
只是想把你拉起来

四

你珍藏了十几年的好酒
母亲从柜子中清出来了
可是我不知道
能和谁对饮

与亡者同室

早上八点，突感胸闷
以为心情郁郁，自可消除
八点四十，加剧，虚汗湿遍真身
讨得一粒救心丸，续命

急救室里，护士们遵医嘱给氧，抽血，心电图查找病因
静脉滴注，暂缓病症
十时许，心舒，汗收

打量四周，左手边
众医护正给一老妇施救
未知年岁，何故垂危
只见显示屏数字越来越小，线条拉直
如同人生坎坷渐消，余路皆是坦途

子女肃立，大悲无声
我躺在右侧默默祈祷
一路好走

2016 年最后一天

清晨六点，小区睡眼惺忪
母亲已开始为中风的父亲熬粥

大米，瘦肉沫，鸡蛋清，红薯丁，青菜片
文火慢炖
如近半个世纪的磨合，相守
糅以祈愿和爱，调味

母亲在厨房忙碌的时候
神态是安然的
没有之前的烦躁和自责
她知道，这所有的一切
父亲都再难以感受

明天就是阳历新年了
希望依然无望
时间只能把苦痛和煎熬拉长

堵塞的血管无法联通未来
粥盒里
装满了旧年的叹息

陪母亲拉家常

父亲再次中风住院后
我在车库里陪母亲的时间才多一点

你也快五十岁了
要注意身体，莫熬夜
把烟戒掉
在外面应酬少喝酒
身体斗不过年纪
不行就想一下你爸爸
生病了全家难熬

工作上压力大
那也是没有办法的事
只要尽力，对得起自己的良心就好

一个多小时
母亲闭口不提她这多年的付出和苦楚
我低着头
默默压住心头的愧疚

大寒节前，代父亲为爷爷修坟

早亡，出生简单
坟上枸叶树、野槐、黄藤
盘根错节
岁月摧其形

"几时把爷爷的坟整整"
父亲提及多次，但未施行
而今，父亲瘫痪在床
余生难测

大寒节前
我率弟及妹夫
央族中长辈主事
了却父亲夙愿

燃纸，上香，叩首
挥刀去杂，挖除劣根
砌砖，堆土，灌注孝心
如父亲当年翻修老屋
慰藉先祖，庇佑子孙

回 乡

每次回乡
都感觉自己是逆子

祖屋门楣衰败，期冀坍塌
爷爷辈的
一个个都上了山，躲避风雨
叔伯们亦垂暮，难修农事
任由艾蒿疯长，田园委顿

我舀完那缸白米，抽身，投城
三十年阅尽尘世，两鬓披白
而今星河西倾
欲返乡结庐，续旧根

新年，致父亲

从医院到养老院
我不停地签名
证明我是你的传承
那些字遒劲
却蘸着焦虑、惶恐
内心空虚

新年的钟声即将敲响
你静卧在养老院
与垂暮为伍，绝望
眼神洞穿世俗
不屑言语，不露心迹
任由我们猜度

街头的霓虹透着虚幻
星月在冬夜无力撑开眼帘
寒风中，任香烟
明明灭灭，燃烧思绪
却无法点燃期冀

签 名

从医院到养老院
我不停地签名
以浓墨替代基因
铭证

那些字
一改往日的沉稳
惊惶，虚空
如同你身上的管线
杂乱无形

代朋友祭母亲

母亲没了
灶膛里的火熄了
低小的土屋又矮一截

佝偻的守候
从村口移到山冈
刻进我心里

知更鸟飞离老槐树
一去不复返
故乡于我
只有清明和大寒

无　题

每次来
都感觉是在探监
瘫痪把父亲困于此处
牵扯众亲眷的心

院内花草茂密
反衬风烛残年
护工，义工温言细语
终难替代孝子贤孙

致井下矿工

换上蓝灰工装，胶底鞋
好像菩萨失却金身
堕入凡尘

巷道幽暗，狭长
台阶陡窄
如同人生路
每一步都是通向坟墓

80 米，150 米
地平线下的腰身弓成不屈
把矿石兑换成米粮
喂养儿女们的躯体与魂灵

脸色比 LED 灯更苍白
滋润的是
你成功从山上穿透山体
用刨土积攒的气力
敲打矿体，敲打生活的内核

一条围巾

有人请我替你织条围巾
说这话的时候
你正和我哥们热恋
而我的心却在校园外游荡

那些个课间
我看到棒棒针和棒棒线
在你手中缠绕，穿梭
宛若幕后人的情丝

后来，你和我哥们天各一方
再后来，我们都天各一方
棒棒线冷却，风化

去冬，哥们撇下尘世，独自远行
我们在阴阳交界处重逢
寒风中，那条厚重的围巾跳出记忆
铺陈往昔

凌晨三点，酒后醒来
突然想到那条围巾

我要问一声
是谁替我选择的暗灰色
让我此生，都不再明亮

哭父亲

一

月亮圆了，父亲却走了
母亲和妻子的哭声
撕扯着养老院里安睡的老人

二

殡仪馆的灵车
拖着冰冷的父亲
我开着车在后面赶
可不管怎么加速
都不能将父亲追回

三

活着的人，都说 9 是人生的一道坎
69 岁，父亲再也不愿迈腿
我只能披麻戴孝
先跪族中长辈

再跪祖坟山上众先祖

四

病床上，我每次都搬不动他
这次，我却轻而易举把他搂在怀里
这么些年，我也只抱了他一个多小时

五

我盖第一锹土
烧第一张纸
叩第一个头
却最后一个流泪

六

跪请八抬主事
跪着敬酒
跪着烧纸，上香，叩头
跪着答谢众乡亲
父亲没了
我只有跪着做人

让天空替我们流泪

七七，父亲的坟茔瘦了
宛若圆满后的内敛
菟丝子爬上坟头，
捎来生气
暗示他已适应了新生活

姑妈们哭声渐稀
母亲缩在女儿身后
紧紧挽着她的胳膊
父亲走后，她成了家中最胆怯的人

祖坟山上
偷食过供品的鸟儿
一直都在陪伴这个新邻居
叽叽喳喳的叫声
驱除孤独

我跪在坟前
想用纸钱燃尽往事
但干涸的眼泪封不住记忆

上苍悲悯，适时
洒下哀戚
让整个坟山布满泪水

致巡堤者

竹篙电筒胶鞋
全副武装，
每一步都须踏实
步步为营，仿佛探雷

这江水，自古桀骜，湍急
暗藏凶险，胜人心

月上东山，水流浑黄
手电筒点亮堤坝
脚步扰动草间蚊蝇

担心长久浸泡，冲刷
堤身变软
如同堕入温柔乡

还有蚁穴，会为久困的江水泄愤
冲毁家园，梦想

你抛妻别子，上堤
顶烈日炙烤

忍蚊虫叮咬

昼夜不歇

凭火眼金睛

探究蛛丝马迹

怀　念

父亲走后
定制的木板床愈加空荡
午饭后，我习惯躺在上面
感受他的气息、教诲
忙碌完的母亲
偶尔也会挨着我躺下
就像躺在父亲身边一样

父亲生前的事
已如西山落日，让怀念阴冷
年逾古稀的母亲
回忆起来有些慢
讲述更是迟缓

生活的细节
短暂，难以捕捉
恍惚中
我仿佛听到父亲在窗外叹息

记　得

躺在母亲床上
就像小时候躺在她怀里
瓷实，温暖

只是母亲已老
牙齿掉了三颗
嗓门越来越大，以为我们跟她一样耳背
做家务开始丢三落四
炒菜会忘记放盐

但有些事却深嵌在她心中
比如往昔的艰难，
我们兄妹们小时候的顽劣
还有回老家的路，
父亲的祭日
饭熟后一定会在车库门口等我
午睡时总记得替我盖被子

念　想

那枚铜顶针我打小就熟悉

戴在母亲右手的中指上，形近古董

过去就着煤油灯

后来是白炽灯

现在是 LED 灯

顶针、镊针的动作我也熟悉

只是灯下的头发已花白

眼眶上架起了老花镜

布拖鞋，棉拖鞋，棉靴

不断变换着尺寸，花色

"别做了，商场里有卖的呢"

"我没有什么留给你们的，只当留个念想吧"

小花猫

尖耳，耷眼
胡须稀疏，生性反叛
姑妈把它从乡下接来陪母亲
它愣是在车库外叫了两天
抗议脖颈上的绳索
锁住了自由

得宠后，以主人自居
在小区内呼朋唤友，追蜂逐蝶
就是不捉老鼠
不饿不归家
受了欺负才回来
且揣着一副可怜相

多像你小时候啊
母亲在它睡着时抚摸着它
却满是回忆地看着我

老 黄

——兼致黄斑病友

在眼科主任的治疗室里
老黄们像是在赶集

这些黄斑病变患者暂忘隐忧
相互戏谑，自称老黄
仿佛黄斑病胜过黄金

上苍眷顾
我成功抢占了六分之一的名额
成为年轻的肖老黄

肖老黄——肖黄老——肖瞎子
透过散瞳后的微光
我基本上看清了我的前路

大寒节，给父亲包坟

丁酉，大寒
天地封冻，人心深藏
祖坟山上的那棵老枸叶树
被寒风剥得瘦骨嶙峋
寒鸦撇下故人，安卧暖巢
任凭先祖们在坟山上孤独
我按照父亲教我的方式
给他的新居培土
埋进虔诚、恭敬、怀念
少一筐，怕挡不住旷野阴冷
多了，又担心压得他喘不过气来
一如他生前的重负
母亲看出了我的犹豫，吩咐道
加点吧，还加点
你父亲五行缺木
生性胆小，怕冷

让心在暗处独自留白

不敢让眼中的泪水流出来
怕那声滴落
惊扰了地底下安歇的父亲
（我已无数次让年迈的母亲担忧）

阳光，春风
大自然的恩赐
被黑厚的玻璃镜片挡得
面目全非

闭上双眼
依然知天命
远离霓虹、电视、手机
这些光亮的物什
躲避喧嚣，躲在人群的背面
如同冷月偷窥着太阳的光辉
按住躁动
让心在暗处独自留白

新年，致父亲

你走后，日子快了许多
小区里的太阳不再慢慢在你身后移

母亲搭的丝瓜架
在花坛里摇晃
枯藤犹在，却不见你沉默的身影

278 天，你都不让我梦到你
我知道，那是你不愿释怀

可是那晚的月亮，母亲和妻子的哭声
时常撕扯着我
大年夜
我喊你的时候
喉头依然哽咽

父亲，
新年的钟声就要敲响
我给你烧香，叩头
只求你饶恕我的忤逆

回忆，是一种传承

上完香

亲友们开始回忆父亲的平生

客厅里溢满了过往

那些片段

仿佛树下斑驳的光影

零碎，难以缀连

我一片片捡拾，积攒

父亲在墙上微笑着

暗示他的新生活惬意，舒适

不再驾着破旧的小木船在生活的旋涡中提心吊胆

也无须徒手同巴茅草、棘刺和苦难搏斗

他舍弃一切，置身世外

如同当年养活他的那些野藕

深藏于地下

无论我怎样挖掘

都难以找寻他的踪迹

刻　碑

在大理石上
刻上父亲的姓名，
生辰八字
刻上祈愿，追随
如同当年他把我的生日刻在衣柜门后
两行字跨越时空
跨越生死界线
只是，这递向另一个世界的名帖
漆黑，凝重，哀伤
我们兄妹的名字
簇拥着他
犹如小时候匍匐在他膝下
给他温暖、力量、希望
若干年后
我期待重享这份团圆

我的脚步不敢惊扰你

跟当年红军进城一样

我不敢把动静闹大

脚步轻缓

血液与赤水河一道奔涌

半碗土酒入喉

引来军旗猎猎

各队人马从沉寂中沸腾

枪炮声、厮杀声被讲述者叫醒

小楼里的辩论反复敲打着我的骨头

清晨五点，我在院子里端着大肚腩自虐，忏悔

四周饥饿的眼神

暗含讥诮，不屑

我只得往墙边挪了挪

不让粗重的脚步

惊扰安歇的亡灵

中元节夜

石灰粉画的圈
怎么也不能代表团圆
那扇门，是阴阳间的通道
更是未亡人心头的缺口

一个圆圈，一位先祖
一包纸钱，一份牵挂，祭奠

夜空中的硫磺
熏红了一双双泪眼
今晚的月亮
始终都不肯在人们面前露脸

中元夜，我做了八道菜

第一道菜，汆鱼丸
是母亲在七十岁时学熟后教给我的
第二道菜，蒸茄子
是父亲的最爱
第三道菜，炒丝瓜
是表弟从祖坟山中的老槐树上摘来的

红烧肉，武昌鱼，啤酒鸭
是我对列祖列宗的敬献
清炒苦瓜，留给我的余生

第八道菜，炸花生米
是爷爷的往昔
煤油灯下
一碟花生米，一盅苞谷酒
一颗颗，一口口
都是对苦难的钩沉

辑二

山高水长

7路车

7路车很老旧
车身的油漆广告已经起皮
满脸皱纹和沧桑

司机是个年轻小伙
宽边墨眼镜口香糖
车子在大街上穿来钻去
摇摇晃晃喝了不少酒

我昨晚和哥几个
在路边小摊划拳
老是数不清手指头
胃里现在还翻江倒海

我右边的硬塑料椅缺了一个角
前面几个老大爷老太太
紧紧地抓着椅子的靠背
神情肃穆
莫非我心里也缺了一个角

夜宿九真山

凌晨两点
一只布谷鸟
还在我窗前发愁

我知道
这只九真山的鸟儿
担心我
就此归隐

金水河

小时候
老师叫她母亲河
说我们都是她滋养大的
可总是有人抱着绝望
扎进她怀里不肯出来
母亲说
这也是一条收人的河
喜欢收不听话的
吓得我
只能让下河玩水的念头
随瓦片漂向河心

上初中了
金水河成了我最好的玩伴
我在河水里嬉戏
坐在岸边读书发呆
躲在柳树后偷看洗衣的阿嫂

现如今
金水河老了瘦了
如同

母亲身上的一根肋骨

任斧头湖再怎么喂养

也难以撑住我

无边的乡愁

六游衡山

第一次登临
因为你能代表
南部的群山
与其他四岳争锋
行囊羞涩
背负不了远行

那是 2012 年
我平生第一次烧香许愿

在你曲折的腰间攀爬
让我上瘾
大汗淋漓后
五脏六腑皆空
四大皆空

之后
我渐渐痴迷
每年都来看你一次
且随大流
烧香叩头许愿

这些动作日益娴熟
愈发虔诚
但一下山
便又堕入俗世

环山随想

如果不是身体出了状况
我们是绝不会上来
自虐的

你不知道
把堆了几十年的大肚腩
搬至花山半山腰
带着高血压高血糖高血脂
走上十公里
腰膝是怎样的酸软
大汗淋漓气喘吁吁
舌苔发白
非万般折磨以形容

花山的松杂有些偏执
向阳方枝叶繁茂
面阴处人丁稀疏
如我们上学时偏科
生活中偏食
却以追逐温暖而饰之

温暖也只不过是生存的一部分
还有身轻如燕健康延年还有低碳绿色有氧

回不到从前
只能把现在当作原点

等　待

凌晨一点三十六分
短信发布大风暴雨预警:
三个小时后，七到十级大风四十毫米雨水降临

我一夜未眠

担心环山路开得正艳的野菊
老家麦田里要到手的麦子
还有舅舅家树林边散养的土鸡
怎样度过这惊悚的一夜

早上六点
风雨爽约
气象台把预警又推迟六个小时
我长吁了一口气
舅舅打来电话
土鸡已全部归笼
麦子已派表弟们去抢收了
收多收少就听天由命吧
反正价格也不高
新麦粑粑到时候再说

下午五点
风雨还是没来
估计全部跑到深山老林去了
今晚，
我可以枕着月光
好好睡上一觉

夏天的故事

　　——通山摘桃记

由京珠高速江夏路口进入
从咸宁北出口转进咸通高速
时速限行一百公里
抑制不住兴奋

进入通山境内
道路劈开山峦
白云在蓝天上炫耀洁白
变幻身姿
富水河依山而卧，碧波亮眼
幕阜山麓桃林茂密
桃子们白里透红
憨态模样让我们难抵诱惑
一番朵颐
美味让郁积的烦闷逸出
被鲜桃香化

焉能少却美酒，
时令农家菜丰盛，富水湖鱼肥硕
推杯换盏

脸色堪比桃红

酒罢，央朋友带我们
去富水湖醒酒
朋友说
湖中现在住满网箱
尚无我们的藏身之地

笼中鸟雨后行

雨停了
遮雨棚终于安静下来
街道恢复往日喧嚣
隔壁老王头的摊子又摆上了人行道
忙碌的汽车开始慌乱

我从家中出来
绕过老王头喑哑的吆喝
经过法院的新办公大楼
拐上环山东路
抖落一身委顿

刚出浴的野山菊娇妍，咧着小嘴
大片的松杂春风得意
用松针指挥着小鸟唧啾

这是我喜爱的场景
只是雨水多情，反成藩篱
把我囚成笼中鸟，失尽欢颜
此刻，周身血流加速
颇有偾张之势

无奈减缓脚步
让负氧离子代谢胸中戾气

与朋友一起喝酒

你举起酒杯的时候
花山上的月亮探出了身子
我站起来迎了迎
就着月色
一饮而尽

月下微醺
自然会想起李白和苏轼
他们俩挨得较近
想着把酒桌摆上马路牙子
我们行令，猜拳

把失意浸泡在杯中
随大江东去，将进酒
且用酒花
修复
五脏六腑和激情

丙申六月梅雨记

我无力约束天水
一任她们恣意奔泻
肆虐小城

排水管咽不下众多污浊
呛得顶翻窨井盖
沉渣泛起
反噬道路

这场雨
是全方位的考量
规划者，建设者，管理者
统统摘下面具
与无辜的子民一起
深陷其中

老天爷不为所动
看着气象台一遍一遍播报预警

丙申 7.2 事故记

厄尔尼诺
是邻居家的坏小孩
用闪电撕开天幕
让坨子雨倾泻，不止

这场雨水
让湖里的鱼儿涌上道路，在行人腿间串游
逼着城市的小汽车潜水，
找不到方向

这场雨水
穿山毁堤，攻城掠寨
飞机望天兴叹，
高铁龟缩在站棚内，
一动不动
众人有家难回，前途阻挡

这场雨水
挟风，尽显淫威
摧枯拉朽
推倒那堵院墙

将八个二十多岁的青春
埋在身下
掐断父母们的未来

举城陷入哀恸

劝 离

这里的空气散发着我熟悉的味道，静谧，紧张
我的家乡就在对岸
一九九八年，我曾来此抢险

今夜，再来这里
是为了劝说农科村的村民
舍弃家园，暂赴他地安身立命

湖堤老了
经历了太多风雨
已无力阻挡滔天洪水
木桩、沙袋无济于事
短时间难以撑住大堤的疲软
彩条布裹不住灵魂

谁愿舍弃啊？
湖堤下良田肥沃
禾苗正壮，畜禽兴旺
还有积攒十几年才建的新房
庄稼毁了，明年再种
新房倒了，这一辈子就白忙活了

谁肯放弃啊？
湖堤之上，灯影蒙蒙
人影穿梭
一车车沙土，一袋袋信念
把沉甸甸的责任夯实，筑牢
用汗水和泥水
降服湖水

一夜未眠
浓云初散，星月愧见父老
众乡亲扶老携幼
大巴车中
婴儿在母亲臂弯内
享受异样的摇篮曲

捕鱼记

雨水漫过湖堤、塘埂
我们乘虚而入
在河汉中
撒下渔网，布好迷魂阵
以泡沫板代舟
用竹竿来回袭扰，惊魂
无处藏身

夕阳西坠，张白鹤垮
炊烟升起
张小小在厨房发来短信
催我等迅速收网，
以鱼佐酒，与落日对饮

孰知渔网变成漏网，
迷魂阵被破解
半晌折腾，收获难垫锅底
唉，此鱼非彼鱼
较吾辈更能避实就虚

养鱼记

雨水把张家的鱼
逼进了李家鱼塘
张黑嘴的脸乌鳢一样
儿子过继给别人
还会给自己送终
鱼说跑就跑了

起塘泥，消毒，撒草籽，
蓄水，进鱼苗
张黑嘴累得像一条被电晕的泥鳅
瘫在床上一动不动

是儿子的分期付款
每天把他扯起来，上足发条
偶有闲暇，
便蹲守鱼儿嬉戏
仿佛在看
未过门的儿媳与儿子笑闹

大雨之前
张黑嘴咬牙买了隔离网

可惜没斗过天意

望着平静的鱼池
张黑嘴好像看到了儿子
空荡荡的毛坯房

农家乐

朋友把农家乐
开在坟山下
我们在墓碑的注视中
行乐

每次端起酒
我都要想
是不是应该先敬不相识的亡者一杯

不敢猜拳
不敢高声喧哗
怕若干年后，别人
也这样扰我们清梦

夜行记

晚上七点
城市为道路掌灯
我卸去重装，正儿八经肃容，夜行

花山对面，上弦月眼神迷离
几千年来，都是此番光景
怎如我，一日慵懒
便赘肉缠身，失却精气神

过齐心水库
登三百五十八级台阶
入花山门户

秋虫晚唱，合奏
喜迎我
宫灯照亮幽径
借古喻今，指引人生

及顶，远眺坊城夜色
灯光璀璨
夜风徐徐，爽遍肉身

幻想就此羽化

不理俗务，入定

火葬场

松柏站成通道
直抵另一个世界

魂灵随轻烟散尽
生命成灰

撕心裂肺戛然而止
送行的乐曲少了哀伤

人们开始谈论天气
逝者的平生已化成虚无

祖坟山上，新居已建好
排位井然有序

松针悄然落地
宗谱里又多了一个人

夜游乡村灯光秀

蒙古包，烤全羊，篝火
都非本地物什
是城里有钱人，从几千里外搬来，填充此处
意欲用剽悍覆盖柔弱
以马头琴嫁接编钟
如同县城里仿汉唐建筑
虚有其表
终难吸引眼球，失却神韵

今夜，人造草坪上的冷光灯逼退星月
乡村无奈，隐遁
任由男男女女喧嚣，欢跳
发泄白日愤懑

微醺中，我点燃那堆篝火
点亮他们的生活
却未照见乡村的未来

乡村丧乐队

那些丧曲
可疑

萨克斯替代唢呐
弯曲的管线无法延续生命
久病床前，孝子泪已流干
曲调中和哀鸣，暗合心境

逝者，如村头溪水
投奔他方
亦如山间落日，归隐
释放疲惫，神态安详

鼓乐，击打着苟活
时常在心底
窥探那片山冈

芦花飞

租好那片地后
朋友特意在湖畔
栽下许多芦苇和儿时的记忆

夏日湖水暴涨，漫过乡愁
蟹虾肆虐，芦苇途中夭折

今夕，月色亮了夜空
我们在街边小摊
几碟小菜，一壶老酒
路灯映照着他的双鬓
我仿佛看见
那片芦花在飞白

住院记

换上病号服
俯首，失却自由身

把五脏六腑坦呈给 B 超、CT
让核磁共振查探内核

转换心境，收起反骨
任由护士一管管抽血，寻病因

戒烟酒，去芜杂
医生要我简约余生，做清教徒

病体，挣不脱床单的苍白
吊瓶中药液拽不回健康、青春

割腕，插管，医生要动大架势
说非要捉住我心中的鬼

回　了

CT 平扫，术后平躺
在医院，你不得不放下身段
包括头颅

条款若干，内容繁杂
不容置疑
身虚导致心虚，未敢深究
风险十余项，项项可索吾命
入得此门，必将生死置之度外
签名画押，方显我辈气概

望闻问切已治不了现代病
须借助精密仪器
解构肉身
必要时学古人，辟谷
坏气习零容忍，不食人间烟火方可百年

每日里盼医生垂怜
告知治疗进展
低眉顺眼以换真经
偶逢实习护士呵斥

亦必唯唯诺诺
生怕针尖游走，偏离静脉

十天半月，人消瘦
财耗空
幸留得小命，尚可打拼
冬日微雨驱散雾霭
出门，右拐，徐行
山高水长
别有一番风景

亏心的男人

三个男人因为心亏
被关进心内科 15 号病房

151 床的姓肖，47 岁，公务员，来自江夏
152 床的姓杨，43 岁，个体户，来自红安
153 床的姓黄，67 岁，退休工人，来自武昌
职业不同，年龄不一
却有着同样的病症

念两人初犯
老黄侃侃而谈，
四个月前我住过一次，装了起搏器
这次是来调频
不要怕，心脏造影小儿科，
你们醒悟得早，
应该不需要支架支撑

说这些的时候
他的老伴在吃苹果
152 床的媳妇在织毛衣
151 床的老婆低头玩着手机

任由三个男人

同病相怜

黑室囚记

一

三个男人，床单罩顶
从激光治疗室转入光动力病房
就像战场上的逃兵被关进黑囚室
防紫外线窗帘隔离阳光，燠热
电源切断，外围联系切断

二

房间幽闭，时间停滞
难以分昼夜，割昏晓
心律失常，呼吸浊重，犹如困兽
唯走廊的脚步曼妙，安抚心魂

三

白的是米饭，是希望
黑色的是菜肴和思绪
荤素莫辨，一味独存

四

二手车的生意越来越难做了
小小的县城就有十几家公司

我不能喝啤酒后
金龙泉的销售业绩降了不少

有事可做真是幸福啊
至少不会睡得腰背酸痛

三个男人，面目模糊
四十八小时，断断续续
说的都是黑话

年　味

把新鲜的鸡鸭鱼肉
抹上盐，晒干，风干或熏干
让厨房沉浸在浓稠的腌香中
炊烟升起，替故乡喊魂

日子一天天剥离
游子一步步远走
记忆却不断封存，深埋
如同烈酒
积累窖藏，醇厚

城市越来越忙
思绪繁杂，无心计算时日
封闭的火柴盒溢满思念

渴望一场大雪
让山川皆白
覆盖欲望，减缓追逐
烙下归家的脚步

你来迟了

王四国把枣树、李树、苹果树种在农庄内
让儿时的稀罕物列阵，成片
吸引眼球

我去的时候
果树们已脱下盛装
赤裸裸在寒风中瑟瑟
王四国坐在塘埂上烤火
身边的抽水机突突直响
水塘中的鱼儿踩着节奏蹦跳

你来迟了，说完
他递给我一支烟
那神情就像小时候
他指着被他摘光了的枣树
从口袋中摸出一个青枣
递给我一样

夜醉小朱湾

麦苗绿的时候
油菜花金黄
地皮菜在中间的空地上举着小白伞，姿态优雅

这些习以为常的物什
到老才觉得亲切，惊奇

夜色铺下来
小朱湾的宫灯点亮天上星星
老张拿出苞谷酒
我们就着月色谈古论今

没想到哇
我种了一辈子田
到老还能做一回老板

我也没想到
拼了几十年，最终
却醉倒在他的泥巴屋里

夜　练

环山路撑开夜色
花山隐翠，遁形
小区内的婆婆们放下锅碗瓢盆，转换心境

上弦月跟在她们身后
听她们数落丈夫，夸奖子孙

我亦跟在她们后面
听夜虫低唱
每逢夸赞，便面红耳赤
仿佛我就是她们的儿孙

通山交通扶贫记

雨还没有来

幕阜山升起雾帐

连绵起伏，阻挡繁华

孤独的铁塔，断断续续传递着现代

山脚的黑瓦房，渺小，遗世

雨雾中，气息虚无

富水湖把肥沃压在身底

网箱隐退，鱼虾欢畅

湖水清幽，吸引着大武汉的眼球

这群决策者迟到了近半个世纪

举家搬至山腰的阿公，已不再关心日月

孙子们寄回的钞票空成慰藉

简支梁桥飞架梁子湖

盾构机洞穿幕阜山

快速通道拉起贫困

专家们在山水的注视中，勾画，论证

夜幕下，我点燃香烟

体味幕阜山的沉默

己病难除

每隔段时日，我都得学郎中
为自己开药方
拜新同，代文，替米沙坦，可定
一天一次，每次一粒
清淡饮食，早眠，修心

日行万步，不足以强筋骨
披星戴月，前路仍是迷惘
世事繁杂，如野马脱缰，无绳可羁绊

五谷，畜禽，养命亦养病
纵然华佗转世，仲景再生
也是
医人病易，己病难除

世间多绝症，医者无绝招

可乐必妥，贝复舒
轮番滴灌
比不上甘霖
滋润禾苗，生长希望

冬日，空调将暖阳挡在窗外
任病中的视网膜在微视野镜筒中捕捉光点
如同捕捉生命的玄机
虚拟的跳闪
催生慌乱

光动力，微脉冲
可以凝血管，堵渗漏
却难以阻隔灰霾、恶习

面对络绎不绝的求助
宋主任摊开双手
世间多绝症
医者无绝招

花山夜观

夜幕低垂，秋月斜
环山路缩紧腰身
仿古宫灯压低树影

局中人卸去安全带
如囚鸟暂获自由
吐胸中浊气、烦闷
急促的脚步踏碎俗事
和夜虫低鸣

不及我
冒雨进深山，访中医
求苦药方，修身心

求 医

这碗汤药，浓黑，凄苦
文火熬制

老中医精研典籍
探遍群山
遵古方，密室配伍
嘱一日两次，每剂两天
可剔纷扰，保清净
胜入桃源

尘世喧嚣，右耳乖戾
渐成顽疾
任凭疗程延续，剂量生猛
依旧轰鸣

药石精妙
难除吾辈通病

白家湖（一）

白家湖水早已退归梁子湖
如隐士，空余声名

谌氏兄弟耗费半生积蓄
起淤泥，筑堤坝
灌池，植莲
为其正名

鱼虾逗白鹭驻足，戏水
白云作画，池柳舞曲
引我入人生驿站
把他乡当故乡

岁近半百，落日沉山
偶惊长虹跨湖
醉卧湖堤
不思归

白家湖（二）

冬夜

白家湖一缩再缩身子

鳜鱼收起坚硬的鱼鳍，收起凶猛

扎入湖底

如高士归隐

草鱼、鲤鱼、白鲢结束四处游荡的生活，抱团取暖

月色模糊，北斗西倾

船灯照出世间寒凉白鹭飞离湖面

众鸟儿归巢，噤声

岁入寒冬，万物深藏生气

如同人生，进入暮年

只能感受泥土的气息

右耳祭

右耳居右侧
属七窍之一，专司右方声讯

四年前，陡然叛逆
白天静默，夜半随心跳嗡鸣
CT 和强光无法探究
绝望中，撕棉絮堵塞耳孔
学歹徒，用胶布封嘴
禁其发声

整夜里难安歇
销骨，毁神
求老中医，拈指搭脉，寻病因
肾阴肾阳皆虚，要补
脾经肠胃都弱，需调
三十六味药草精炼成丸
一日三次
戒酒，禁虾蟹美味
寡欲，除妄念
满纸叮嘱，要治现代病

淘　金

薄霜催生寒凉

江水携雪水东流

一路不断变换着颜色

到我的脚下，已是一片赭黄

安徽来的老宋

在铁板洲边架起了淘金设备

一间毛坯房住了十几年

我蹲在他身边

看他抽江水，洗江沙

质疑他做无用功

他说

金子也有跑累了的时候

我守在这里

正好把他们捞上来

水　鸭

天气渐冷
江水不停地缩着身子
加快了奔向温暖的速度
江风一阵紧似一阵
催着江水把各色石块送上岸，过冬
只是江中心的那只掉了伴的水鸭
总凫在江面
怎么也不肯上岸

住院记

入得此门，仅须留下忐忑
其他事均可抛至云霄
挂号，缴费，签名
必要时，得押上身家性命

望闻问切，已治不了现代病
疑难杂症需借助精密仪器
钩沉过往，解构肉身

轻音乐，揭不开心底阴翳

情人节，北咀码头

游船归港
梁子湖不再汹涌
心情归于平静，慈祥

青山岛隐身在一个小时之外
炊烟执着，召唤异乡游子

两名村妇，穿着新衣
清点着打回的年货
偌大的船舱里满是她们一年的经历

船头上，船老大抽着香烟
伸起的脖颈堪比白鹭
还有三名乡亲没回
我在等他们回岛上过情人节

酒　话

卤鸡翅，卤鸭脖，卤猪蹄，炸花生米，泡姜，泡蒜
在云南去贵州的高铁上
三个男人把下酒菜摆成了七彩拼盘
"终于跳出了老婆的青菜园子"
"一放风，连骨头都轻了"
"来来来，满上满上"
高铁穿山越岭
男人们倒回了年轻
酒后的脸色
染红了车窗外高速飘过的云朵
山峦静默，一路上
始终都替他们遮挡着
生怕他们的老婆听到这些酒话

夜练环山路

环山路安详

灯光柔嫩，林木静谧

夜练者沉默

迈腿，摆手，吐纳

动作单一，神情专注

运动鞋轻踏柏油路面

悦耳，和谐

成为蛙声、虫鸣的和弦

偶尔带起的旋风

掠动树间绿叶

而此刻，广场上的大妈们花枝乱颤，衣袂扰云

引路人侧目，居家者嗟叹

震天的音响把稀寥的星斗

也全部赶到了花山上空

制　梁
——致交通人

天气晴好，胸荡层云
宜操持大事

螺纹钢穿针走线，织就骨架
混凝土填充肉身
注汗水，凝精血
佐以责任

长度，宽度，厚度
硬度，气度
一气呵成

都市的动脉
缩短心距，承载重荷
制梁的人，退守田园
在远方眺望

筑　路

　　——致交通人

洋镐和铁锹属于冷兵器
不足以与后八轮、铲车搭载

脊背弯曲，沥青平实
艳阳暗其光泽
浇灌禾苗的汗水
冲刷砂石

站卧石，步砖
拗不过手上的老茧
乖巧，温顺
严丝合缝

酷热，扬尘
在城市弥漫
虚化弓着的腰背
一步步向梦想延伸

修路工

——致交通人

一个年轻的修路工
蹲在小区门口
用香烟换来的 Wi-Fi 同家人视频
摄像头里装着洗净的笑脸

爹妈的病好些没？女儿快开学了吧
老婆，你辛苦了
我干的活不累，吃得饱，睡得香
过几天我领了工钱就寄回家

乡音穿透夜空
星月驻足，围观
夜色迷漫，遮住工装的破旧

一辆辆小车驰过
闪亮的车灯
照着他脚趾上的殷红

辑三

低处的花朵

手（之一）

我走近的时候
那双手正摁着胖头鱼
铁刷刮鳞，钢刀剖腹
掏内脏，抠鳃
砍刀让鱼身首异处

那应该是一双柔弱的手，纤细，温软，惹人爱怜

此刻，
这双手胜似庖丁
肢解生计，动作娴熟
下刀处，干脆利落
抓，宰，剐，一气呵成

车间内冷气嗤嗤
她汗珠飞溅，无声落地
乳白色橡胶手套
沾满猩红，晃眼
陡然
我想起了妻子饮用的
胶原蛋白

手（之二）

指甲短小，手指异于常人
关节隆起，老茧密布
这双手
让我想起某部侦察片的情节

只是，
这双手仅与砖石为伍
以瓦刀为器，未曾扣过扳机

烈日，砂浆，寒风
让他黝黑，皲裂
楼群拔高，城市越来越新
手已僵硬

现今，不会再有人握捏这双手
甚至鲜有关注

寅夜
老妻会在他酣睡时
轻轻摩挲

那无声的泪

滋润不了粗糙

手（之三）

你的手不是我的拓本
注定不会继承我

任性，青出于蓝
我不由戚然

说是父亲的小棉袄呢
怎没量身定做？

捧在手心的调色板，
总让我眩晕

粉笔画，水彩画，铅笔画
我的余生

烧高香

所谓高香
即众多香中长得最长最粗穿得最豪华的香
当然也是最贵的

烧高香有三种优势
享受更好服务
引众香客注目
祈愿先达视听

烧高香一般有三种可能
请菩萨办大事
想办的大事成了，
以为是菩萨帮的忙
办不办事无所谓，
咱有的是银子

其实
菩萨是不帮忙办事的
更不可能办大事
你看那些虔诚的老香客
他们手擎细香

几步一拜

拜的是自己心中的

观自在菩萨

小荷才露尖尖角

冬藏

是此生的宿命

静卧淤泥之中

隐忍屈辱尽享孤独

蓄势待发

等待惊雷的召唤

荷尖

是莲的使者

与爱誉无关与赞颂无关

穿透阴冷穿透污浊

穿透黑暗

承受风雨的洗礼

清亮嫩绿

直指生的期冀

即便未成气象

无人观赏

仍于碧波之上

娉婷成傲人的姿态

准备为酷暑

撑起一片清凉

病

早晨起来
你顶多会在洗口洗脸刮胡子的时候照照镜子
看看眼睛是否红肿
眼袋吊得是否比昨天大
脸色暗晦不去分辨
盥洗间的灯光照度不高
你看不清现实
更无法洞察未来

喝完酒
习惯性摸摸肚皮
留意是否太饱胀
意识模糊
却坚持反思酒桌上的表现
提示下次拼杀时注意的要点
五脏六腑悄然被迷醉
超出了此时思考的范围

半夜失眠
只会责怪枕头不合适
从不会想到脑神经已经变形

无法直达睡意

对于健康
我们只限于关心体重
或加上血压血脂血糖
让感觉替代检测
忽视参数影像的对比
相信臆想
如同我们只重表象的生活

生日偶感

生日快乐
其实是句空虚的祝愿
这世间
谁知我心忧？

镜子中的沟壑
日夜增长
条条缕缕
深刻在心坎上

还是要笑着致谢
仍需假装坚强
风雨面前
我不敢剥去这身皮囊

那一根根长寿面啊
只能把心中的皱纹拉长

声　音

花儿绽放
叶瓣打开的声音
露珠能够听见

小草生长
茎骨拔节的声音
大地能够听见

飞鸟归林
巢穴铺床的声音
树木能够听见

你要离开
我眼睛哭泣的声音
只有我自己能够听见

今夜，虚无

早在半个月前
母亲已经开始包粽子
买回粽叶、糯米
漂洗，浸泡
裹好后再上蒸笼
冰箱冷藏室装了满满两抽屉

而母亲
肯定不清楚端午节的来历
不会在吃粽子时追思，缅怀
不像我，读了几天书
遇事喜欢瞎想

比如今晚
屋外星月皆隐
大气压偏低
夏雨忍而不发
如同两千多年前
郢都破城的先兆

我不喜糯食

也不指望艾蒿避邪

雄黄祛病

但每逢端午

怀古

让我感到虚无

去医院想老虎

医院的大门
总让我想到老虎
血盆大口
跨进去，生死难料

福尔马林弥漫
病菌难存
血腥与恐惧依然
令双腿疲软

同病共处一室
无有贫富贵贱
百般慰藉温暖不了床单
蓝条色的病服囚住躯体
严禁四处游走

刀剪钳冰冷
检验单缴费单无情
熟识的母语
被龙飞凤舞得支离破碎
彩色 B 超照得见五脏六腑

却看不清我的惊悚

偶尔传来的呼天抢地
仿若虎啸后的哀号
整栋大楼陷入沉默
又一个苦痛得到解脱
我的魂灵愈发战战兢兢

花山水库

枕着花山的脚趾
比我儿时嬉戏的水塘大不了多少
总有几个胖子在里面扑腾
治疗高血压和肥胖

周遭的山水溜下来
水库变得不明不白
树影模糊，云朵隐晦

前年有个小伙，扎下去寻找移情的姑娘
另一个少妇
把性命付之于悲愤

我每次经过水库
都得放轻脚步
担心那份沉重
惊扰他们的安歇

上 天

在地上待久了

就想上天

南航 C26514 吭哧十五分钟

才挣脱束缚

我趴在舷窗上

看它爬升，侧转，脱离苦海

上弦月初出茅庐，单薄，羞涩

如同稚子的水墨画，贴在飞机的翅膀上

河流细长，大地宽阔，我心放荡

上天真好啊！

可以洞察天下

掌控四方

任它天打雷劈

风雨交加

我都会超然忘我

置身度外

窝

土拨鼠扒洞
就可立命

鸦雀拣枯枝，铺草叶
为儿女们造窝

王建设盖了十几年房子
至今还在工棚里

房价与楼盘比高
王建设戒了烟酒

而我跟着他拎了五年灰桶
仍然没攒够一个厕所

苦楝树

一个苦字
决定了一辈子的地位和命

果实入药
不见鸟儿长生不老，
舍身为家具，想登堂入室
却抵不上杉木防潮，
香樟驱虫，黄花梨增值

终生站在屋后的山坡
孤独成遗腹子

如同我
处处藏掖着自己
仍不被人待见

酒与往事

酒倒下去，酒花泛滥
酒杯举起
一些往事被召回

拈花生米
拣记忆碎片
数落陈坛旧事
仰脖，干杯
动作连贯

往事是最好的下酒菜
历险，艳遇，小概率事件
新鲜的，霉陈的
道听途说者和臆测渲染
五味杂陈

最具杀伤力的
还是不如意

命

鸡司晨，狗守门
青松迎客，寒梅凌雪
那是他们的命

厌倦了鸡鸣犬吠、白云低旋
村头的老槐树枝丫再高
看不见外面的世界

拎着梦，独闯别人的城市
你执意改命

而家里的老母亲
再也
等不到你的归影

低处的花朵

丝瓜花攀上了晾衣架
我站在花坛里
四季桂在空中打开花蕾
我还是在花坛里
满眼怜悯

位卑势微，甘居低下
如众生匍匐
在底层

总有阳光从枝叶间漏出
点燃自尊
如期绽放

野　槐

体形歪斜
是在生活中的摇摆
如墙头草，两边晃荡
虽自我纠正，当不了顶梁柱

枝条散漫，游离
体现偏执
小鸟不愿歇足
孤独立世
与雨水、阳光无涉

表皮布满疤结
属经络不畅
相由心生，缺爱
溪水绕道而行

四十多年
长得磕磕绊绊
唯有根正

空房子

村庄越来越小
几步便可跨过
儿时的记忆

祖屋老了
颓败，虚空
木门关不住叹息
土墙歪斜
如同中风的父亲

我在小城
立命，寄高楼
状若浮萍

行道树

被园艺师选中，移植
便失去自由身
如孩子任由父母选择爱好，偏执而狂热

小鸟耳提面命
阳光用力拉扯
风雨怒其不争

不断纠正，剪切
舍弃欲望，成长的愉悦
佝偻着腰背，谦卑成
遮挡烈日的姿势

成熟后的惊羡
源于幼时的禁锢

想

想把医生认作亲戚
每次去医院时
不会被福尔马林吓退

我伸出脉搏
他轻轻一握
就能看出我心中的病

夜 行

我在操场上快步行走
学生们在中间唱歌
金星孤独地悬在天边
夜空中没有一丝风

快走的我想用速度降脂，延缓衰老
活得更久一点
而激越的歌声不时打乱我的步调

下弦月从云中钻出来
与金星挨得很近
我离青春却越来越远

夜

乡村的夜色
是老祖母的黑绸缎
包裹着静谧

山岚远退，树木遁形
居者恍若出世
偶尔一两声狗叫
唤回出窍的灵魂

城市败笔太多
各色灯光张牙舞爪
洞穿幽静
车流残缺思绪
喧嚣让记忆断片

点燃的香烟
无法幻化成炊烟
把对故乡的思念拉长

春日瞬间

三十二楼顶，躺椅，太阳镜
眯上眼，把声名和欲望关在外面

任紫外线抚摸全身，大脑
把思想煮熟
由肤浅至深邃

此处，宜观风云诡变
可览尽全城
却看不透我的余生

多想纵身一跃，挣脱凡尘
又恐无人收掇我的血渍
抱着我
哭到天明

问　路

那条路，我从少年走到中年
坡边的芨芨草
一茬茬老去
我亦白头

夕阳扫过屋檐
野山槐撑起月色
故乡陷入沉思

夜色隐晦，炊烟凝重
每一步都是挣扎
混凝土抹平踉跄
尘世仍无坦途

奔跑的树

马路边的树
从田野移过来后
长成了城里的孩子，模样端庄

那些属于乡村的野习惯，小动作
不断被纠正
人们崇尚外形
甚于噪声、油烟、尾气

东风吹过来
故乡雨洗尽枝叶，纷乱心思
奔跑的欲望
在藩篱间滋长

与秋风作对

夏天过了是秋天
酷暑之后是寒凉
北风，总在夜半悄悄地吹
大部分的树叶在坚挺
半黄的叶片随风落下

小区内
母亲开始忙碌，一边清扫，一边追逐
仿佛在归拢逝去的时光
鸟儿惶恐，提翅飞往山林
我亦连忙找出父亲过冬的衣物

尘世间，
黄叶翻滚，树木凄苦
落叶难以归根

母亲执念
每天拿着扫帚，
与秋风作对

伤　神

眼睛里没有沙子
却目睹了太多灾难，泪水
如同太阳，温暖众生
亦承受世间悲凉

我的黄斑与它的黑子一同变异
万物失衡，失却本真
镜像混乱，折射不出美好

须借助现代科技，辅以古法遮光三日
如同大师闭关
以激光消除浊肿，清积液

简单，成就快乐

每天晚饭后，母亲拾掇完锅碗瓢盆
便在车库内学跳佳木斯健身操
偶尔会有婆婆与她切磋
话语，音乐从门缝传出来
让我想起战争片里做鞋援军的村妇
在单调循环中寻找闲适的支点
垂柳随风，顺应生活的摇摆
简单，驱除妄念
成就快乐

祭郑店高架桥

风吹雨打，霜雪侵蚀
生就遭践踏，碾压

一千二百个钻孔
锥心，穿骨
三百六十斤炸药
装填残身

二十年，你弓身为奴
替城市负重
仅有那层黑纱
捂住你最后的尊严
却捂不住
你委身顿地的叹息

月亮之外

新月羞涩，胆怯
以云蒙面
全然没有览尽亘古的气势

月照洪荒，江流被锁
石虎跳不过涧峡
如同我跃不过自己的沟坎
只隐约在水中，坐成永恒

初秋灿烂，硕果低垂，稻穗俯首
东坡的月亮比太白
更多舛
我的余生
始终在云端彷徨

人生的纰漏需要修补

再次进行光动力治疗前
我已熟知所有的程序
甚至在护士无暇答疑时
我还客串了义务讲解

只是当镜筒撑住眼眶
激光照射眼球
我还是忍不住流下了眼泪
仿佛强光已探清我心底的秘密
让我倍感羞愧，颤栗

眼球的漏点
需要用激光一一封堵
如同人生
总有着太多的纰漏
需要时间
慢慢去修补

期　盼

眼中布满泪水
不是惜春，也不是叹秋
我更无力悲悯众生

尘世灰霾沉重
遮蔽阳光，挤压心灵
青头鸭收拢双翅，堕入凡尘
于枯荷之间深藏身名
冬梅紧捂花苞，延迟开放

期盼天国降雪
整理人间
重新描绘大地、山河、树木和灵魂
以其洁白
洗净我眼中的黑

告别辞

把医院的路走成回家的路
只是医生没把我当亲人
耳聋眼瞎
逃不过世间纷扰

父亲厌倦了与尘世纠缠
躲进祖坟山
寻求列祖列宗的庇护
母亲把思念
洒满枕巾

"朝领命，夕饮冰"
无暇春花吐色，秋月追云
纵使出浑身解数
亦是波涛摇曳，难稳心神

2017 年最后一天
同年的兄弟发来微信
哥啊，哥，本命年
红裤衩不足以
与运势抗争

寡味的人

把杯中酒换成水
滤去浓烈，刺激
犹如戏子卸掉彩妆
不再来回穿越

酒杯碰撞
醉眼迷蒙，星河乱倾
把自己想象成壁中一挂山水
或古寺坐佛
咀嚼着隔空飘来的每个语词
不喜，不嗔，不怒

若干年后
当你还举着酒杯
换尽五花马，千金裘
或许会想起我
唉，他呀，
真是一个寡味的人

雪

雪落在屋顶上，也落在地上
落在地上的雪和落在屋顶上的雪一样白

屋顶上的雪
如同雅士端居庙堂，胸怀高洁
一任地上的雪遭行人践踏，车轮碾压
黄色的泥浆，黑色的污渍
毁其素心

太阳升起来
屋顶上的雪失却本真
淅淅沥沥滴入污浊
屋檐下挂满叹息——
世事变幻无常
一旦坠入
难以独善其身

调 药

——兼致新年

用络活喜替代拜新年
以减轻体内水肿
让眼睛看清真相，洞穿世事
调换过程简单，但得增大剂量
方可扼住血液汹涌，激动
仿佛一个谎言需要更多的谎言去弥盖
严寒已逝，春风渐起
旧燕开始寻觅归途
站在花山入口
静观垂柳抽芽
去戾气，除妄念
借东风调换我体内的季节
郁郁的人生

图书在版编目（ＣＩＰ）数据

松针落地 /肖英俊著. -- 武汉 ：长江文艺出版社，
2019.9
ISBN 978-7-5702-0971-2

Ⅰ.①松… Ⅱ.①肖… Ⅲ.①诗集－中国—当代
Ⅳ.①I227

中国版本图书馆 CIP 数据核字(2019)第 075499 号

责任编辑：谈　骁　　　　　　　责任校对：毛　娟
封面设计：庄　繁　　　　　　　责任印制：邱　莉　　王光兴
封面题字：商　震

出版：　长江出版传媒　　长江文艺出版社
地址：武汉市雄楚大街 268 号　　　邮编：430070
发行：长江文艺出版社
http://www.cjlap.com
印刷：湖北民政印刷厂

开本：880 毫米×1230 毫米　　1/32　　印张：5.25　　插页：6 页
版次：2019 年 9 月第 1 版　　　　2019 年 9 月第 1 次印刷
行数：3024 行

定价：46.00 元